AF317253

ÉTRENNES MORALES.

(Première Année.)

CONTES

ET

APOLOGUES,

PAR

J.-B.-C. Salabert.

Prix : 1 fr.

EN VENTE

CHEZ LES PRINCIPAUX LIBRAIRES.

1855

CONTES

ET

APOLOGUES.

Chambéry. — Imp. Bachet

ÉTRENNES MORALES.

(Première Année.)

CONTES

ET

APOLOGUES,

PAR

Prix : 1 fr.

EN VENTE

CHEZ LES PRINCIPAUX LIBRAIRES.

1855

À M. LE COMTE PILLET-WILL.

Dans un jardin immense,
Où les fruits les meilleurs
Et les plus belles fleurs
Etalaient leur richesse et leur magnificence,
Grandissaient en un coin,
Nullement recherchées,
Maintes plantes, pourtant, objet du plus grand soin.
Quelques vertus cachées,
Chez elles suppléaient à l'éclat des couleurs,
Ainsi qu'au parfum des fleurs.
Un jour, après l'aurore,
Celui qui les cultivait
Vit combien il en avait,
Et, les groupant, fraîches encore,
A l'un des visiteurs
De ces lieux enchanteurs,
Humblement il en fit hommage.
C'était un savant personnage
Dont le mérite même effaçait le savoir.
La foule, avec bonté, le vit les recevoir.
Ce fut de leur renom le plus heureux présage,
Car plusieurs aussitôt voulurent s'en pourvoir.

Montmélian, le 20 novembre 1854.

CONTES ET APOLOGUES.

I.

Aux Critiques.

« Entre les pattes d'un lion ,
« Un rat sortit de terre assez à l'étourdie ;
« Le roi des animaux , en cette occasion ,
« Montra ce qu'il était et lui donna la vie. »

Un autre jour, aventurant ses pas
Le long d'un marécage ,
Il allait, il allait, sans songer, le volage ,
Au danger de sa course : hélas !
Il rencontre un reptile et soudain le trépas.

II.

L'Abeille et sa Fille.

L'hiver fuyait, et du printemps
Fraîches fleurs à l'envi préparaient la toilette,
Et déjà l'alouette
Semait l'air de ses cris animés et perçants.
Rapide messagère, après un tour aux champs,
En rentrant à la ruche, une abeille s'écrie :
« Hâtons-nous, hâtons-nous, c'est temps de commencer ;
J'ai vu le pâtre à la prairie
Et la rose fleurie ;

Plus d'une à la moisson a su nous devancer. »
Elle dit, et tout part. Une abeille novice,
S'étant mise à l'ouvrage avec activité,
Bientôt se ralentit ; de calice en calice ,
Elle allait mécontente et d'un air dégoûté ;
     Puis tout près de sa mère,
Morne et boudeuse, on la vit se poser.
« Quoi ! ma fille , déjà , déjà se reposer !
     Lui dit cette dernière ;
L'on nous rend les beaux jours, c'est pour mieux en user,
Vite, vite à l'ouvrage. » — Et comment faut-il faire ?
Travailler, je le veux, et ne puis pas aimer
Les fleurs qu'on doit le plus, selon vous, estimer :
La rose ne contient qu'une essence insipide,
   Et le lilas qu'un très fade liquide,
  Votre thym même est plein d'un suc amer. »
— Je sentis comme toi cette peine première,
Sur le gazon fleuri quand je vins débuter,
    J'appris bientôt , ma chère ,
Qu'avec un peu d'effort on peut la surmonter ;
    Arme-toi de constance,
Travaille maintenant, et quand viendra l'hiver,
Le miel, cet aliment aux dieux mêmes si cher,
De tes dégoûts vaincus sera la récompense.

III.

L'Aigle, l'Enfant et le Vieillard.

Un enfant vit un jour l'oiseau de Jupiter,
    Qui planait dans l'éther,
Et s'avisa de lui donner la chasse :

Un petit caillou rond, sur sa fronde placé
          Et par son bras lancé ,
          Siffle et court dans l'espace
        Sans que l'aigle change de place ;
Puis un autre, puis dix d'inégale grosseur
          Témoignent la même impuissance.
A peine arrivaient-ils au quart de la distance
      Qui séparait l'aigle et son agresseur.
Et celui-ci comprit qu'il était inutile..
De prolonger encore une attaque stérile ;
Il replia sa fronde et gagnait le logis,
Lorsqu'à l'instant, de derrière un taillis,
Sortit un bon vieillard : « Quoi ! perdre ainsi courage !
S'écria ce dernier, et, sans l'avoir chassé ,
Vous partez, lui dit-il ; de vous il rit , je gage... »
—Tant pis, moi j'y renonce ; il est trop haut placé ;
          Les pierres ne peuvent l'atteindre.
— C'est vrai, c'est bien ; votre aveu me plaît fort ;
          Vous ne connaissez point encor
L'art si connu, pourtant, d'éluder et de feindre ;
Ce n'est pas tout ; je vois dans votre agression
Et le calme de l'aigle une grande leçon :
Ecoutez, mon enfant, quand plus tard, dans la vie,
Vous verrez des humains la malice et l'envie
Se liguer contre vous, à si grande hauteur,
          Tenez élevé votre cœur ,
Que leurs traits empestés, lancés avec furie,
          N'aillent point jusqu'à lui :
          Et, comme l'aigle aujourd'hui,
          Vous-même pourrez rire
    Des vains efforts qu'on fera pour vous nuire.

IV.

L'Abeille et le Désœuvré.

Un jeune désœuvré, comme on en voit beaucoup,
Etait un jour en proie aux ennuis de l'attente :
Il allait, il venait, s'arrêtait tout à coup,
Interrogeant sa montre, et de l'heure trop lente,
Désirant, mais en vain, précipiter le cours.
Témoin depuis longtemps de son impatience,
Par ces mots une abeille a rompu le silence :
« Les moments vous sont longs ; moi je les trouve courts;
D'où vient cela ? voyons : tandis que Monsieur bâille,
S'ennuie à ne rien faire, heureuse, je travaille.....
Occupez-vous, mon cher, et l'heure du repas,
Du spectacle ou du jeu, loin de se faire attendre,
      Accourra vous surprendre,
      Quand vous n'y songerez pas. »

V.

Un Sot.

Des savants, certain jour, parlaient en comité ;
Étrangers la plupart au principe agité,
Les témoins écoutaient par pure complaisance.
Cependant l'entretien s'empreint de véhémence :
On discute, on raisonne, on convient tour à tour.
Saisissant un moment d'accord et de silence :
« Parbleu ! ceci, Messieurs, c'est clair comme le jour,

Dit un sot las d'ouïr et surtout de se taire. »
Il veut parler encor, dit deux mots : reste court ;
Chacun rit aux éclats ; lui se met en colère ;
Puis, prenant son parti, feint de rire à son tour.

VI.

Les Elèves et la Pépinière.

Les cours allaient s'ouvrir ; un vieillard docte et sage ,
Termina, par ces mots, la harangue d'usage :   .
« Aimez-vous, mes enfants, que parmi vous jamais
Rien ne trompe un seul jour les douceurs de la paix ;
De tout ce qui peut nuire évitez jusqu'à l'ombre :
Voyez ces arbrisseaux variés et sans nombre,
A côté l'un de l'autre et croître et prospérer,
Ils ne se nuisent point : par une entière entente ,
Du but qui les unit et doit les séparer,
Tous aspirent leur part de sève bienfaisante ;
Si leurs rameaux naissants viennent à se toucher,
Aucun d'eux ne s'irrite ; à la longue , au contraire,
Doucement l'un à l'autre ils semblent s'attacher.
La paix est parmi tous, jamais rien ne l'altère :
Chacun attend le jour qui tôt ou tard viendra,
Le jour heureux cent fois, où devenant utile,
Il ira se fixer comme le sort voudra :
L'un , étaler ses fruits dans un verger fertile,
L'autre, orner le portail d'un manoir somptueux ,
Ce troisième, embellir un jardin fastueux ;
Tel, l'été, s'offrira, sur la route isolée ,
Pour rafraîchir sa marche, au voyageur lointain,
Et, limite d'un champ au fond de la vallée,

Tel autre vieillira, bénissant le destin.
Semblable est, mes amis, le but qui vous rassemble :
Comme ces arbrisseaux embellissez ensemble ,
En attendant le jour où la société
Demandera sa part de votre utilité. »

VII.

La Rose blanche, le Lys et le Nénuphar.

Dans le temple sacré, l'on cite qu'un dimanche,
En un vase élégant, se trouvaient réunis
   La rose blanche,
   Le nénuphar et le lys.
Tout reposait alors ; la reine du parterre
Contre le nénuphar tout à coup déblatère ,
Et sa lèvre est fertile en mots blessants et durs ;
Puis, s'adressant au lys : « Seigneur, quelle infamie !
Un transfuge oublié des cloaques impurs ,
A côté du beau lys et de sa blanche amie !
Et c'est ici, grand Dieu, qu'on nous fait tel mépris !
Calmez, calmez, ma sœur, cette humeur insensée ,
Lui répondit le lys ; quelle injuste pensée ,
Trompant votre bon cœur, égare vos esprits !
Cet humble compagnon dont la basse naissance ,
Est pour vous un motif d'outrager sa présence ,
Plus que nous, croyez-moi, fait honneur à ces lieux ;
Il naît et croît au sein de la phalange immonde
Des insectes pervers, des reptiles haineux
   Dont sa patrie abonde ,
   Pourtant, quelle blancheur !
  Quelle pureté dans sa fleur !

Le mérite sans doute explique ce mystère,
Tandis qu'au lieu propice et pur où nous naissons,
Revient surtout l'éclat dont nous nous prévalons :
Aimons le nénuphar, respectons-le, ma chère.

VIII.

L'Épingle d'Or.

Chez un banquier célèbre, on raconte qu'un jour
Un jeune homme s'offrit à titre de comptable.
Des lettres, ses talents, un aspect doux, affable ;
    En sa faveur déposaient tour à tour ;
Le refus du banquier, pourtant, fut prompt et court.
L'aspirant, sans espoir, s'incline et le salue ;
Il sort ; au même instant se décèle à sa vue
Un rien, fort peu de chose, une épingle en un mot
Du plus commun métal et sans valeur précise ;
Lui, pour la recueillir, il se baisse aussitôt.
Ce qu'ayant vu, surpris, le banquier se ravise,
Rappelle ce jeune homme et lui fait compliment
Sur cet acte si simple : « Avec ma confiance
Ayez, chez moi, dit-il, un emploi d'importance,
Et tel qu'après cinq ans d'attente seulement
Vous eussiez pu peut-être avec droit y prétendre.
L'heureux admis en fut digne et reconnaissant,
Et comme ses succès allèrent grandissant,
Il devint du banquier sociétaire et gendre,
    Puis héritier,
    Et partant gros rentier.
Il tripla sa fortune, accrut sa renommée,
Et l'épingle de cuivre en or fut transformée.

IX.

Le Fermier et son Serviteur.

« L'heure presse, en deux mots il faut nous arranger :
Dix louis te vont-ils, à l'instant je t'emmène ? »
Ainsi parlait Lucas, fermier d'un grand domaine,
Au serviteur Colin qu'il voulait engager.
Ce salaire était beau, dépassant l'espérance
De l'exigeant Colin ; il insista pourtant
Pour avoir un peu plus, mais ce fut un instant
     Pour l'acquit de sa conscience.
On se lève, et d'aller. Chemin faisant, l'on dit
Qu'ils parlèrent beaucoup, de tout un peu sans doute.
Déjà leurs pas touchaient aux deux tiers de la route
Quand Colin s'arrêta d'un mouvement subit,
Puis reprit aussitôt sa démarche interdite.
Evitant du chemin les endroits caillouteux,
Boîtant un peu dès lors, il cheminait moins vite ;
Même vous l'eussiez vu, bondissant, sourcilleux,
Changer soudain de pas, lorsque, tombant à terre,
Un de ses pieds trouvait quelque creux, une pierre
     Qu'il n'avait pas su voir.
Le fermier se disait : Que peut-il donc avoir,
Quand avec peine il va, changeant souvent de place :
Le pied malade, un clou qui dans son soulier passe,
Une entorse récente ? il faudra le savoir.
     Ils arrivent à la ferme :
Le serviteur s'assied ; tout aussitôt Lucas
S'écria : Qu'aviez-vous quand vous ne marchiez pas
     D'un pas égal et ferme ?

Colin, dont le visage empourpré rebondit
Sous les efforts qu'il fait pour ôter sa chaussure,
Pousse un soupir et dit :
Oh ! rien, maître; voyez ce qui fit ma blessure :
Et de son sabot agité,
Au même instant, s'échappe à terre
Une parcelle de pierre
Qu'il recueille aussitôt et montre, l'hébêté,
Ainsi qu'un monument de sa molle constance.
Le fermier sourcilla, puis garda le silence.
— Il avait sur Colin fondé maint beau projet,
Tant il lui plut d'abord ; l'histoire même avance
Qu'en sa pensée il le jugeait
Digne un jour de la main de son unique fille,
Jeanne, reste adoré d'une chère famille. —
Satisfait du repos,
Colin se lève et dit : « Maître, que faut-il faire?
— T'en retourner bien vite.— Et pourquoi ce propos?
Comment, chez vous à peine, ai-je pu vous déplaire?
— Ecoute-moi, Colin, je veux un serviteur
Diligent et surtout veillant à l'existence
De mes bœufs nuit et jour; à la moindre douleur,
Apparente ou réelle, il faut que sa présence,
Auprès d'eux me précède et que ses plus grands soins
Soient de prévenir leurs besoins;
Or, tant de vigilance
Et de tact à la fois pourraient-ils exister
Chez tel qui souffre un mal quand il peut l'éviter?

X.

Le Rosier et la Vigne en fleurs.

C'était au mois de juin , alors que de ses chants
Moins prodigue , l'oiseau cherche déjà les ondes ,
Et les plantes partout fleurissaient dans les champs ,
Grâce au soleil de mai qui les rendit fécondes.
« Des fleurs ! des fleurs, vraiment ! Et fort belles, ma foi !
      S'écrie un jour l'arbuste-roi,
    D'un ton moqueur, en regardant la vigne :
    Vit-on jamais aussi vives couleurs,
Que de variété ! quelle fraîcheur insigne !
Décidément le ciel a pour vous des faveurs
     Dont nul autre n'est digne. »
   — Tout doux, l'ami ! trève de raillerie,
     Doucement , répartit
    La plante que Bacchus chérit ,
La nature, je sais, m'a dévolu la lie,
De la coupe aux appâts, et la variété,
L'éclat des fleurs, la grâce , admirable assemblage,
    Sont des rosiers l'opulent apanage ;
Mais laissons, croyez-moi, les charmes de côté ;
Quoi de plus éphémère, hélas ! que la beauté !
    Trouvez meilleur, je vous prie,
Que nous parlions un peu de nos divers produits ;
J'ai vu peu de rosiers, je puis dire, en ma vie,
Aussi j'ignore encor la valeur de vos fruits ;
A mon juste désir, Monseigneur, je l'espère,
    Vous voudrez bien satisfaire ;
Pour moi, vous le savez, je porte tous les ans,
Des fruits, nommés raisins, que l'on dit excellents,

Et d'où l'homme sait extraire
Ce jus par lui tant aimé,
Que divin il a surnommé ;
De m'en enorgueillir je n'eus jamais l'envie,
Et vous ?... vous vous taisez ; allons, c'est modestie !
Soyez plus obligeant... dites... parlez donc... quoi, rien?
Oh ! je m'en doutais bien.
Ainsi donc, de mes fleurs vous ne pouvez médire,
Car c'est peu de fleurir si l'on ne peut produire.

XI.

Porus et Socrate.

PORUS.

Archélaüs est-il vraiment heureux?

SOCRATE.

Je ne puis vous le dire.

PORUS.

Mais on vante en tous lieux
Ses plaisirs, ses trésors et ses amis nombreux.

SOCRATE.

A donner le bonheur cela peut-il suffire !

PORUS.

Oseriez-vous alors, je suppose le cas,
Soutenir que le roi des Perses ne l'a pas ?

SOCRATE.

Sans doute, s'il n'est point à l'innocent propice,
L'appui de l'orphelin, l'extirpateur du vice,
S'il n'est juste, en un mot, et bon et vertueux.

PORUS.

Archélaüs est donc bien malheureux !...

2

XII.

Les deux Ours.

Deux ours, nés à Braman, d'autres disent à Berne,
Gaîment s'acheminaient vers leur gîte écarté.
Ils revenaient de noce, et d'un vin de Santerne,
Ils cuvaient un flacon à grand prix acheté.
Après quelques instants d'une marche peu sûre,
Oscillant, trébuchant, prêts à se fourvoyer,
Ils atteignent un fleuve au sauvage murmure,
Qu'en arabesques d'or on voyait ondoyer.
Deux ponts le traversaient : l'un tombait en ruines ;
L'autre, tout fraîchement jeté sur pilotis,
Défiait les torrents, noirs enfants des collines.
Lequel des deux choisir? Entre nos deux amis
      Un colloque s'engage.
— Moi, dit le plus ancien, je choisis le vieux pont,
Mon grand-père y passa sans y faire naufrage,
Et même il me souvient, étant jeune, de front,
Avec un mien cousin l'avoir franchi sans peine.
Un siècle a témoigné de sa solidité...
— Tout s'use, reprit l'autre à son énergumène :
Telle est la loi du temps ! De cette vérité
      Nous avons sous les yeux la preuve.
      Renonce à tenter une épreuve
Qui peut te coûter cher. Il dit, et tout d'abord,
      Vers le pont neuf il s'élance,
      D'un bond franchit la distance
Et se trouve bientôt à couvert sur le bord.
— Les vieux ours sont têtus. — Voulant faire à sa tête,

Le nôtre fit si bien que, miné par les eaux,
        Les vers et la tempête,
Le vieux pont s'écroula, l'entraînant dans les flots.

———

Que maudit soit l'esprit de routine grossière,
Qui nous fait du *nouveau* redouter les attraits !
Evitons les vieux ponts... Car tout retardataire
Apprit à ses dépens à bénir le progrès.

Mars 1848.

———

XIII.

Les Animaux en communauté.

Dans un bois peu connu, peut-être en Colombie,
Force animaux vivaient en méchante harmonie.
Un jour, c'était après un combat désastreux
Où le succès longtemps était resté douteux,
Maints léopards, maints ours, étendus sur l'arène,
Attestaient du lion la rage souveraine;
        Celui-ci, soit regret,
        Ou perfide projet,
    Mande un des siens, intelligence rare;
Puis, à ses volontés, en deux mots le prépare;
C'était un vieux renard à son conseil admis :
« Va soudain, lui dit-il, à tous mes ennemis
        « Porter l'heureuse nouvelle
        « Que le vainqueur veut finir la querelle
« Par un pacte sublime, inouï d'équité. »
Au colloque à l'instant chacun est invité.

L'ambassadeur fidèle,
Dans cette mission ,
Déploya tant de zèle ,
Qu'il fit croire au lion.
Sans balancer alors, on court sur la frontière ;
Les partis en présence : on s'agite, on espère ;
Le lion va parler ; un silence parfait
Incontinent se fait :
« Mes amis, leur dit-il, parmi nous plus de guerre.
« Depuis vingt ans tantôt je nourris dans mon sein
« Le plus ravissant dessein
« Qui se conçut jamais sur cette vaste terre,
« Si féconde pourtant en effets merveilleux.
« De le réaliser le moment est propice,
« Il y va, pour ma part, d'un très grand sacrifice ;
« Mais je suis satisfait si je vous rends heureux :
« Une étude approfondie
« De la haute philosophie
« M'a convaincu que tous les animaux
« Furent créés égaux.
« Fut-il jamais, ma foi, loi plus juste et plus belle ?
« Je viens donc aujourd'hui de cette égalité,
« Proclamer à toujours le règne souhaité ;
« Ecoutez , écoutez cette charte immortelle :
« Il n'est plus de sujets, moi je ne suis plus roi. »
—L'auditoire aussitôt bondit d'un long émoi. —
« Nos Etats confondus en un peuple de frères ,
« Nous aurons ce bonheur que convoitaient nos pères.
« Plus de *tien*, ni de *mien* désormais parmi nous ,
« Le même coin de bois doit nous réunir tous.
« Tout nous sera commun, le travail et la peine ,
« La joie et les douceurs d'une existence pleine. »

Les bravos viennent à flots
Interrompre ces mots ;
Puis , d'une voix de plus en plus émue ,
L'orateur continue :
« Au labeur, au repas , alternés à propos ,
« Succèdera pour tous un tranquille repos ;
« Lorsque le soir viendra couronner la journée ,
« Nous rendrons grâce aux dieux de notre destinée.
« Enfin, quand l'un de nous , affaibli par les ans ,
« Se sentira fléchir sur ses jarrets tremblants .
    « La communauté bienfaisante
    « Se montrera reconnaissante ,
« En l'entourant d'amour et de soins renaissants :
« Sans regret il ira jusqu'à son dernier terme. »
Il dit... Tous de sauter en signe d'adhésion ;
L'air retentit longtemps de : *Vive le lion !*
    Puis, sans respect pour le dieu Terme,
    Ils courent, volent tout joyeux
Arracher à l'envi les bornes et les pieux
    Qui dessinaient les anciennes limites,
Au grand prix de leur sang, par leurs aïeux prescrites.
    Bientôt après, on voyait, à la voix
Du régénérateur tous les hôtes du bois,
        S'acheminer à la file
        Vers le commun domicile.
Il s'y trouva des ours , des léopards , des daims,
Des lions, des pourceaux, des chevreuils, des panthères,
Et mille autres encor de différents instincts,
    De force et de taille contraires.
    Tout alla donc passablement
        Deux ou trois jours durant ;
    Car la plupart, dans ce trompeur mirage,

Ne virent que la fin de leur triste esclavage.
    Cinq jours après, on n'en vit pas
    Qui manquassent au repas ;
    Mais au travail ce fut toute autre chose...
Si de l'infraction on demandait la cause,
    En futiles raisons
    Tous étaient très féconds.
De prétextes toujours l'oisiveté dispose.
Bientôt les sentiments vains et prétentieux
Comprimés jusque-là sortent plus chatouilleux :
« Moi l'égal d'un renard, vraiment, quelle folie ! »
S'écrie un léopard transporté de furie...
    « Pourrait-on bien me contester parfois
Que dans mon cœur bat le sang de cinq rois?... »
Tout près un sapajou plein d'une ire profonde
Traitait de *vil manant,* d'incroyable lourdaud
Un porc tout consterné, dont le contact immonde
    Avait failli souiller sa peau.
Cependant, chaque jour, l'assemblée amoindrie
Laissait voir dans son sein mainte et mainte éclaircie.
Tandis que quelques-uns s'éclipsaient nuitamment,
    O trop heureuse fuite !
Un plus grand nombre encor allaient chercher un gîte,
    Et très secrètement,
Dans l'avide estomac du lion, des panthères.
Deux fléaux dominaient ; la dent et les misères...
    Un moment arriva
    Où plus il ne se trouva
Qu'intéressés gloutons dont la faim assouvie
Les faisait s'écrier : *Oh ! quelle douce vie !*
Ils commencent alors tous par s'entreblâmer,
Mais chacun de répondre en montrant sa denture ;

Le reproche devient de plus en plus amer :
Puis un combat entre eux termina l'aventure.

Esprits aux rêves d'or, sublimes novateurs,
De la société dangereux détracteurs ,
Qui voilez du manteau de la philanthropie
Les effets dissolvants d'une noire utopie ,
Cessez, cessez enfin de tant vous consumer
A répandre en tous lieux ce qui ne peut germer.

Septembre 1848.

XIV.

Le Fleuve et le Ruisseau.

Un fleuve changeait de lit
Et parlait de céder quantité de son onde ;
Un ruisseau, sien parent, qui n'avait en ce monde
Que quelques filets d'eau prêts à fuir, se permit
D'espérer l'héritage ;
Mais il n'intrigua point, laissa faire, attendit ;
Car l'intrigue répugne au pauvre autant qu'au sage.
Il eut pour concurrent
Un avide torrent,
Ami du fleuve et qui, d'eau regorgeant,
Semait autour de lui la crainte et le ravage :
Celui-ci, cabaleur, exclusif, envieux ,
Fit tant par ses prévenances,
Ses brigues, ses présents, ses airs obséquieux ,
Qu'il trompe son ami, dont les ondes immenses
Joignent les bataillons de ses flots écumeux.
Incontinent après, il n'en avait que faire,
Et le ruisseau mourut privé du nécessaire.

XV.

L'Avare et le Voleur.

Un voleur très habile ,
Chez Harpagon un jour s'introduisit ;
Dans maints tiroirs forcés rien ne le séduisit ;
Il visait au trésor ; ce n'était pas facile :
Dieu seul sait où l'avare avait caché son or.
Ayant longtemps cherché sans nulle découverte ,
Il avise en passant un sombre corridor,
     Puis une porte entr'ouverte :
O ciel ! qu'aperçoit-il ? notre Harpagon qui dort
Sur son coffre chéri qu'aussitôt il enlève.
Le bonhomme, dit-on, rêvait qu'on le volait ;
Il se réveille alors et voit, au lieu d'un rêve,
Le voleur qui, joyeux, vitement s'en allait ;
Furieux , comme on pense , il vole à sa poursuite ,
Vomissant tous ces noms que déjà l'on connaît.
     Or, il allait si vite
Que, près d'en être atteint , le voleur eut recours
A son habileté pour tromper sa vitesse :
Par lui, de temps en temps, une pièce hors de cours ,
Semblant tomber du coffre, appelait la tendresse
     D'Harpagon qui criait toujours.
Tandis qu'à les cueillir notre avare s'empresse ,
Lui gagne du chemin, respirant désormais.
     Lorsqu'il se vit une avance assurée,
     A sa dupe désespérée,
Il put, changeant de route, échapper pour jamais.

XVI.

L'Ami intéressé.

Après une demande à l'équité contraire ,
　　Quoi ! vous me refusez !
A l'un de ses amis dit un homme en colère ;
Eh bien ! puisqu'avec nous ainsi vous en usez ,
Gardez votre amitié dont on ne sait que faire.
　　Gardez la vôtre aussi,
　　Repart soudain ce juste ami.
Puisque, pour en jouir, il faut aux sacrifices,
　　Joindre encor des injustices.

XVII.

Le Chêne et le Poirier.

　　Non loin d'un chêne immense ,
　　Qui plein de force et d'élégance,
Déployait au soleil ses rameaux tortueux ,
S'élevait un poirier de chétive apparence.
　　A l'étalage fastueux
De son brillant voisin il oppose en silence
　　Fruits nuancés de pourpre et d'or.
Cependant les oiseaux de tout le voisinage
Accouraient l'égayer de leur charmant ramage ,
Dans le temps que le chêne en était vierge encor.
　　Celui-ci transporté d'une insigne colère
　　Contre ces fils joyeux des airs,
Parle un jour à l'un d'eux en ces termes amers :

« Ainsi, l'on me préfère
Un misérable, un sot; injustice grossière !
Quoi! ce chétif arbuste a pour vous des attraits,
Et moi je ne vous charmerais !
Allons, vous vous moquez du mérite, je pense,
Ou du beau vous n'avez aucune connaissance. »
— Pardon, Monseigneur ;
Vivement répartit son interlocuteur ;
Votre humeur est naturelle ;
Notre préférence l'est-elle?
Le poirier nous nourrit
De son fruit
Tout en nous prêtant son ombrage ;
Il a donc droit à notre hommage.
Sans contester votre beauté,
Nous laissons de votre feuillage
La stérile hospitalité.

XVIII.

AUX ARTISANS LABORIEUX.

—

Les Frelons et les Abeilles.

Aux abeilles confiantes
Les frelons dirent un jour :
Que faites-vous, insouciantes,
Quand sous vos yeux, dans cette cour,
Contre vous l'on conspire ?
Des gens que cependant vous ne haïssez pas,
Bien qu'ils vous volent, eux, trament votre trépas !
Ces bœufs, cette charrue, eh bien ! c'est pour détruire,

Dans les champs d'alentour,
Des plantes et des fleurs jusques à la dernière,
Et les coteaux subiront à leur tour,
Cette entreprise meurtrière.
Aisément vous pouvez prévoir votre destin ,
Si, pour la conjurer, vous manquez d'énergie :
Plus de fleurs au vallon, dès lors plus de butin ,
Adieu le miel, adieu la vie.
Donc choisissez : ou mourir tristement,
Ou repousser un attentat si lâche.
Pour nous, c'est résolu, jusqu'au dernier moment
Nous lutterons sans relâche,
Et, si vous le voulez, unissons nos efforts,
Combattant de concert, nous en serons plus forts...
Les voilà qui s'avancent,
Aiguisons nos dards... ils commencent....
Abeilles d'écouter ;
Abeilles aussitôt de se précipiter
Sur les hommes et l'attelage
Qu'elles forcent bientôt à suspendre l'ouvrage.
Triomphantes alors, en se félicitant
Elles regagnent l'abeillage...
Grand Dieu ! qu'ont-elles vu ? Les frelons s'excitant,
Dans chaque ruche, au larcin, au pillage...
Hélas ! elles ont été
Dupes de leur crédulité ;
Mais un profond regret, une douleur amère
Les saisirent alors qu'elles virent les gens
Qu'avait outragés leur colère,
Reprendre leurs travaux, par leurs soins diligents ,
Dans les lieux que naguère, envahissaient des plantes,

Inutiles ou malfaisantes,
Semer abondamment tous les grains les meilleurs,
Protéger les tiges naissantes,
Et leur livrer bientôt une moisson de fleurs.

XIX.

Le Solitaire.

Vanté pour ses vertus, sa sagesse profonde,
Un solitaire jadis
Voyait venir vers lui de tous les points du monde
Sectateurs, courtisans, ignorants, érudits.
Un jour ce fut un prince et sa brillante escorte
Qui frappèrent à sa porte :
« Nous savons des plaisirs le prestige trompeur,
Lui dit le prince, et pour votre bonheur,
J'échangerais et mon titre et ma gloire ;
Mais sur mes passions pourrai-je, comme vous,
Remporter la victoire?
A vaincre nos penchants, mon père, instruisez-nous. »
A ces mots le solitaire
Fronce un sourcil austère,
Puis, indiquant un bois qui se trouvait tout près,
Il y va, suivi de ses hôtes :
Et là, d'une main seule, il arrache un cyprès ;
A l'action des deux, un autre cède après ;
Un troisième, pourtant, dont les branches plus hautes
Attestaient dans le sol des nœuds profonds et forts
Déroute son courage,
Et veut l'aide du prince et de son entourage,
Un quatrième enfin trompa tous leurs efforts.

« Voilà des passions une parfaite image,
        S'écrie alors notre sage vieillard,
Sans peine, mes amis, on les détruit, naissantes;
        Un peu plus tard,
Jetant dans notre cœur des racines puissantes,
On ne les voit céder qu'aux efforts les plus grands;
Et puis vient un moment (le ciel nous en préserve),
        Où, nous étreignant sans réserve,
Et plus fortes que nous, elles sont nos tyrans.

XX.

La Girouette et le Thermomètre.

De son trône éthéré, la girouette un jour,
Aperçut d'aventure un humble thermomètre
Soupirant en silence au coin d'une fenêtre,
        Et désirant du soleil le retour.
« Beau fat! Oui, c'est bien toi, toi-même, lui dit-elle,
Dont naguère j'appris que l'audace nouvelle
Te faisait sur mon compte en mille occasions,
Lancer des mots empreints de la plus noire injure...
Mais je veux mettre un terme à tes prétentions.
Tu mesures, dit-on, la chaleur, la froidure,
Et tu te crois l'écho de toute la nature !
        Mais qu'est-ce auprès de moi? Voyons :
Je révèle des airs les variations;
Des beaux, des mauvais jours je suis la prophétesse;
En tout temps, en tout lieu l'on vante ma sagesse;
L'habile nautonnier m'interroge d'abord
Lorsqu'il veut démarrer sa nacelle du port;
Au travail de Cérès quand le fermier s'avance,

Il m'a sans doute aussi consultée à l'avance ;
          Et je pourrais citer maints autres cas
Où de mes bons conseils on ne se passe pas.
               — Doucement, je vous prie :
               Vous vous flattez, ma mie,
               Et par trop, je le crois,
Répond l'indicateur de la température ;
Louange de soi-même équivaut à censure ;
Certes, jamais de vous je ne médis, ma foi.
Mais, puisque vous voulez me quereller, je pense
Qu'il faut entre nous deux montrer la différence.
Je ne connais qu'un maître en ce vaste univers :
          De tous ses mouvements divers
Je me montrai toujours l'interprète fidèle,
Et jamais à sa voix on ne me vit rebelle ;
          Car j'annonce pareillement
          Et son approche et son éloignement.
Quand de ses jours d'absence il prolonge le nombre,
Dans mon frêle réduit je descends triste et sombre,
Essayant, mais en vain, d'enterrer mon ennui.
Revient-il ? aussitôt d'un transport d'allégresse,
Je brise les liens de ma longue tristesse,
Et semble vers les cieux m'élancer avec lui.
Mais vous, n'avez-vous pas l'inconstance en partage ?
On vous voit en tous lieux, et presque en même temps,
Obéir aux zéphirs, à la bise, aux autans,
Et, quand le ciel est pur, l'horizon sans nuage,
Prédire le tonnerre, et la pluie, et l'orage...
Combien n'en vit-on pas qui prônaient vos avis,
Se repentir bientôt de les avoir suivis ?
          De vos dupes la terre est pleine. »
          Comme il achevait ces mots ,

Un vent survint et fit tourner le dos
   A la sibylle aérienne.
  Le thermomètre avait raison.
Qui pourrait en douter de tous tant que nous sommes ?
   Combien, en fait d'opinion,
   De girouettes chez les hommes !

XXI.

Arlequin et le Bijoutier.

Arlequin, dans Paris, cherchait franche lippée ;
Il avait sans succès exploré maint quartier ;
Lors des cris d'un bazar son oreille est frappée :
   C'était un marchand bijoutier
Offrant à cent beautés la pierre orientale,
L'or, l'argent, le rubis qu'avec pompe il étale.
« Tudieu ! l'heureuse idée ! il faut qu'il me régale,
Dit bientôt Arlequin, bondissant de bonheur,
  Puis l'abordant : Monsieur, j'ai bien l'honneur...
   Mais je vous dérange peut-être ;
Je venais pour savoir quelle était la valeur
   D'un lingot d'or égalant en grosseur
Mon bras, même un peu plus, et long d'un demi-mètre.
   Très volontiers, dit sur-le-champ
   L'intéressé marchand
Qui déjà se promet une part à l'aubaine.
   Monsieur prendra la peine
De s'asseoir un instant... Vous voudrez, n'est-ce pas ?
   Partager mon repas :
   Voici midi qui sonne ;
   Il ne vient plus personne ;

> Seulement le temps de plier.
> Comme on pense, Arlequin ne se fit pas prier,
> Le regal fut honnête
> Même brillant, dit-on,
> L'espoir du gain emplissant maint flacon,
> Faisait lui seul tous les frais de la fête.
> D'abord l'on parla peu, mais on mangea beaucoup,
> Et but surtout
> Plus d'un coup.
> Quand Arlequin fut las de manger et de boire
> (Las ! c'est difficile à croire,
> N'importe), et le marchand fatigué de verser,
> On sentit le besoin enfin de converser.
> Le préambule est d'ordinaire
> Un puissant auxiliaire,
> Quand on désire et craint d'éveiller certain mot
> Qui fait le fond d'une affaire ;
> On s'en servit et parla de ce rot,
> De ce vin, du beau temps, puis enfin du lingot.
> L'impatient lapidaire
> Qui des yeux de l'esprit tout le temps l'a couvé
> Trancha la question sur ce ton réservé :
> « Pour l'estimer au juste il faut que je le voie,
> Veuillez me l'apporter, c'est la plus courte voie. »
> — Oui, bien, dit Arlequin... quand je l'aurai trouvé.
> Ce disant il s'enfuit en étouffant de joie.

9 782019 274610